AF458574

L'AMITIÉ A L'ÉPREUVE,

COMÉDIE

EN DEUX ACTES ET EN VERS, MÊLÉE D'ARIETTES;

Représentée, devant SA MAJESTÉ, *à Fontainebleau, le 13 Novembre 1770.*

A PARIS,

De l'Imprimerie de la Veuve SIMON & FILS, Imprimeur-Libraires de S. A. S. Monseigneur le Prince de CONDÉ, rue des Mathurins.

M. DCC. LXX.

Par exprès Commandement de Sa Majesté.

*Les Paroles sont de MM*** , & FAVART, Compositeur des Spectacles de la Cour.*

La Musique est de M. GRETRY.

ACTEURS.

NELSON, *Membre du Parlement d'Angleterre.*	Le Sieur Clairval.
LADI JULIETTE, *Sœur de Nelson.*	La Dlle Favart.
CORALI, *jeune Indienne confiée à Nelson.*	La Dlle Laruette.
BLANDFORD, *Capitaine de Vaisseau de haut-bord.*	Le Sieur Caillot.
HUBERT, *Femme-de-chambre de Ladi Juliette & de Corali.*	La Dlle Desglands.
UN MAITRE A CHANTER, *Italien.*	Le Sieur Vestris.
UN NOTAIRE.	Le Sieur Desbrosse.
Plusieurs Valets.	

L'AMITIÉ A L'ÉPREUVE,

COMÉDIE.

ACTE PREMIER.

Le Théâtre représente un Cabinet richement meublé à l'Angloise. Les meubles sont effectifs ; d'un côté est un secretaire à deux faces, dont l'angle pyramidal est coupé de façon qu'il peut servir de table. Autour de ce secretaire sont des siéges.

SCENE PREMIERE.

NELSON.

ARIETTE.

MON ame est dans un trouble extrême,
Le jour luit à regret pour moi.

O ciel ! me craindrois-je moi-même ?
L'honneur n'est-il donc plus ma loi ?
Corali.... Peut-être je l'aime :
Ce dépôt me fut confié
Par Blandfort, par l'amitié même.
O tendre & divine amitié,
Dans mon cœur tu n'es pas éteinte.
Si par l'amour j'étois vaincu,
Si j'osois te porter atteinte,
Je rougirois d'avoir vécu.

Confions à ma sœur le trouble qui m'agite :
Juliette est prudente.... Ah ! faut-il que j'hésite ?...
Elle paroît... je commence à trembler.

SCENE II.

JULIETTE, NELSON.

JULIETTE.

Mon frere, Corali demande à vous parler.

NELSON.

Corali ?

JULIETTE.

Oui. Cela vous fait-il de la peine ?

NELSON.

De la peine à moi? non; mais, sans doute, ma

Vous ſavez quel ſujet l'amène ?

JULIETTE.

Elle ne me fait pas l'honneur
De me prendre pour confidente.

NELSON.

Depuis un certain tems ſon air eſt plus rêveur,
D'elle-même elle eſt différente.
Vous ne la traitez pas peut-être avec aigreur ?

JULIETTE.

Vous me faites injure.

NELSON.

Elle aime la retraite....
Ah ! vous verrez que c'eſt Blandfort qu'elle regrette.

JULIETTE.

Elle le doit au moins, il eſt ſon bienfaiteur.
Cette jeune Indienne a perdu ſa famille ;
Son Pere, en expirant ſous le fer du vainqueur,
A Blandfort confia ſa fille ;
De ce brave Officier il connoiſſoit l'honneur.
Par la raiſon, par la douceur,
Blandfort ſut abréger le tems de ſon enfance,
Il l'éclaira par la reconnoiſſance,
Et hâta ſon eſprit en parlant à ſon cœur.

NELSON, *très-vivement.*

Au-deſſus de ſon âge, il eſt vrai qu'elle penſe,
Ses yeux peignent ſon ame, on y voit la candeur.

JULIETTE.

ARIETTE.

Je m'y connois, mon cher frere :
Mon cher frere, vous aimez.
Vous tenez dans le myſtere

Vos sentimens renfermés ;
Mais vous avez beau vous taire,
En vous taisant vous parlez.
En vain vous dissimulez.
Je m'y connois, mon cher frere, &c.
Quand cette jeune étrangere
Vient à vous les yeux baissés,
Elle tremble, & vous, mon frere,
Vous rougissez :
Elle craint votre colere,
Vous craignez de l'offenser.
On se trahit sans y penser :
Ne vous cachez plus, mon frere ;
Avec moi soyez sincere ;
Corali sait trop vous plaire,
Et même vous lui plaisez.
Bon ! bon ! je m'y connois, mon frere, mon cher frere :
En vain vous vous déguisez ;
Tous les deux vous vous aimez.
Oui, mon frere ; oui, mon frere,
Tous les deux vous m'allarmez,
Tous les deux vous vous aimez.

NELSON.

Sur une simple conjecture ! . . .

JULIETTE.

Conjecture ! ah ! l'heureux détour !

NELSON.

Vous accusez à tort l'amitié la plus pure.

JULIETTE.

Discours ! *l'amitié la plus pure*

Est le voile que prend l'amour.

NELSON.

Mais. . .

JULIETTE.

Je vous aime trop pour n'être pas sincere :
Vous, défenseur des loix, membre du Parlement,
Vous qui devez l'exemple, ah ! quel égarement !
Vous allez dégrader ce noble caractère,
Vous allez être indubitablement
Ami trompeur parjure à son serment,
Et perfide dépositaire.

NELSON.

Eh ! pourquoi dans mon cœur enfoncez-vous ce trait ?
Que faites vous, ma sœur ?

JULIETTE.

Votre portrait.

NELSON.

Quoi ! c'est le déshonneur qu'il faut que je redoute !
Vous me tenez de semblables propos !

JULIETTE.

Votre devoir, qui vous parle sans doute,
M'est plus cher que votre repos.
A Blandfort Corali doit être mariée.
A son départ pour l'Inde, il vous la confiée ;
Sur un dépôt si cher, il auroit dû compter ;
Vous le lui ravissez. Dans les cœurs je sais lire,
Dans le vôtre sur-tout.

NELSON.

Qu'osez-vous me prédire ?

JULIETTE.

Ce que vous devez éviter.

NELSON.

C'eſt mon intention.

JULIETTE.

Ayez un air plus grave.

NELSON.

Alors elle croira qu'on la traite en eſclave.

JULIETTE.

Vous aimez mieux être le ſien.

NELSON.

Je vous promets de m'obſerver moi-même.

JULIETTE.

Et moi pour ſoulager votre contrainte extrême,
Je reviendrai bientôt abréger l'entretien.

NELSON.

Vous me ferez plaiſir.

JULIETTE.

Je n'en crois rien, mon frere.

SCENE III.

NELSON, *seul.*

ARIETTE.

NON, non, jamais,
L'amour ne troublera la paix
Qui regne dans mon ame :
Je triompherai de sa flamme ;
La fierté d'un Anglois
N'est pas faite pour la tendresse.
Aurois-je une foiblesse ?
Non, non, jamais.
Mais je juge mon cœur
Avec trop de rigueur :
Eh ! comment s'empêcher d'adorer tant d'attraits ?
Par son empire,
L'Amour attire,
Entraîne,
Enchaîne.
Pour lui nos cœurs sont-ils donc faits ?

Non, non, jamais, &c.

SCENE IV.

CORALI, NELSON.

NELSON.

AIMABLE Corali, ma sœur vient de m'instruire
Que vous desirez me parler.

CORALI.

Mais vraiment, j'ai toujours quelque chose à vous dire.

NELSON.

A moi?

CORALI.

Oui; pourquoi vous troubler?

NELSON.

Moi, me troubler!...

CORALI.

Très-fort; cela me fait trembler.

ARIETTE.

Si je pense, c'est votre ouvrage.
Je vois en vous la vérité;
Vous m'en enseignez le langage:
Avec plaisir j'en fais usage,
Je peins ma sensibilité.
Excusez ma timidité.

Pour un maître, c'est un hommage;
Mais dans mon cœur sans fausseté,
Que la reconnoissance engage,
Démêlez bien la vérité
Dont vous m'enseignez le langage.

NELSON, *à part.*

Je ne sais où j'en suis, & mon cœur transporté.....
Ah! ma sœur m'a dit vrai.

CORALI.

Cette vivacité
Peut-être est un mauvais présage.
Vous aurois-je déplu?

NELSON.

Déplu! vous?

CORALI.

Un nuage
Altere la sérénité
Que la candeur peint sur votre visage.
Ah! Nelson, contre moi vous êtes irrité.

NELSON.

Non, je vous en réponds.

CORALI.

Enfin j'ai dans l'idée
Que je vous importune fort.
Quand on est malheureuse, on est intimidée:
Ici vous ne m'avez gardée
Que par amitié pour Blandfort.

NELSON.

Dès que l'on vous connoît, on en perd le mérite.

J'ai fait l'office d'un ami;
Plus je vous vois, plus je m'en félicite,
Et maintenant je ne fais rien pour lui.

CORALI.

Vous le devez; car je vous aime
Avec tant de plaisir!...

NELSON, *troublé.*

Vous m'aimez?

CORALI.

Oui, Nelson.

NELSON.

Corali!.. Corali!...

CORALI.

Votre trouble est extrême.
Mon amitié vous fâche?

NELSON.

Non.
Non;.. mais j'étudiois une cause importante:
Il faut sur ce procès répandre un jour nouveau.

CORALI.

L'affaire est donc intéressante?

NELSON.

Oui... oui. Permettez-moi d'aller à mon bureau.

CORALI.

Eh bien! de mon côté, je vais m'asseoir & lire.
Cela ne pourra point vous causer d'embarras;
Je vous promets de ne rien dire.

NELSON.

Vous ne m'interromprez pas moins.

CORALI.

Je ne crois pas.

Travaillez : je vais prendre un livre.

(*Elle s'assied.*)

NELSON, *ouvre son secretaire, & comme différentes choses l'empêchent de dégager un tiroir, il les ôte & les pose sur l'angle coupé du secretaire. Ces différentes choses consistent en un paquet de plumes, un étui, une tabatiere d'or, & une paire de pistolets. Corali du côté opposé, ouvre aussi le secretaire, & en tire un Livre.*

NELSON, *après un moment de silence de part & d'autre.*

Voyons donc sur quel exposé
Je puis justifier l'innocent accusé,
L'innocent dans les fers.

CORALI.

Il faut qu'on le délivre.

NELSON.

Vous ne lisez donc pas?

CORALI.

Si fait;
Mais j'écoutois.

NELSON.

Du moins soyez silencieuse;
Un seul mot de vous me distrait.

CORALI.

Et moi, quand vous parlez, je deviens curieuse.

NELSON.

Eh bien ! ne disons rien tous deux.

CORALI.

Je ne sais pas si cela seroit mieux.

NELSON, *à part.*

Examinons ces piéces d'écriture.

CORALI, *à part.*

Recommençons notre lecture.

(Il se fait un assez long silence, pendant lequel Nelson & Corali se regardent de tems en tems.)

NELSON, *à part.*

Je ne puis travailler.

CORALI.

Ce livre est ennuyeux.

NELSON.

Corali, prenez-vous donc garde
A quoi nous employons le tems ?

CORALI.

Oui : vous me regardez & moi je vous regarde.
Nous ferions aussi bien de nous parler.

NELSON.

J'entends :
Vous aimez à parler, vous n'aimez pas à lire ?

CORALI.

Parler avec vous, c'est s'instruire.

SCENE

SCENE V.

JULIETTE, CORALI, HUBERT, NELSON.

HUBERT.

Miss, c'est votre Maître à chanter.

(*Elle sort.*)

NELSON, *à part, en remettant dans son secretaire tout ce qu'il en avoit retiré.*

Il vient bien à propos.

JULIETTE.

Il faut en profiter.
Blandfort veut vous donner tous les moyens de plaire,
Vous lui devez une amitié sincere.

CORALI.

Tout ce qu'il fait pour moi m'engage à l'estimer;
Mais le secours d'autrui m'afflige & m'humilie.
Ce malheur à mes yeux sert à me déprimer.
J'ai formé le projet, j'ai la louable envie,
De me mettre au-dessus des besoins de la vie;
(*A Nelson.*)
Excepté cependant celui de vous aimer.

JULIETTE.

Cultivez avec soin les talens agréables;

Une femme ſouvent leur doit tout ſon bonheur.
Ce ſont preſque toujours des ſecrets immanquables
Pour ſéduire un époux, & pour fixer ſon cœur :
C'eſt en l'attirant par leurs charmes
Qu'on lui fait aimer ſa maiſon,
Et tous les talens ſont des armes
Que l'amour inventa pour plaire à la raiſon.

CORALI, *à Nelſon en ſortant.*

Eh bien donc, vous ſerez l'objet de ma leçon.

SCENE VI.

JULIETTE, NELSON.

NELSON.

Ah! ma ſœur, que je ſuis à plaindre!

JULIETTE.

Vous aimez, vous êtes aimé.
J'avois bien raiſon de le craindre

NELSON.

Corali me l'a confirmé.
Son ame, incapable de feindre,
N'a pris ni voile, ni détour.
Son eſprit naturel, que rien ne peut contraindre,
Penſe qu'il eſt permis d'expoſer au grand jour
Ce ſentiment ſi doux, ce penchant de l'amour,
Que l'éducation nous ordonne d'éteindre,
Lorſque le cœur en preſcrit le retour.

JULIETTE.

L'amitié va perdre sa cause.

NELSON.

Non ; à cet affreux repentir
Ne croyez pas que je m'expose,
Ma sœur, &, pour m'en garantir,
Demain... ce soir, je suis résolu de partir.

JULIETTE.

De partir ?

NELSON.

Oui, sans doute ; & je vais quitter Londre.
A mon ami je fais ce que je doi ;
Ce n'est qu'en m'éloignant que je puis en répondre.
Comment pourrois-je voir sans cesse auprès de moi
Une Béauté sensible & vertueuse
Me demander & me donner la loi ?
La circonstance est dangéreuse ;
Et, pour être exact à sa foi,
Quel homme auroit la force malheureuse
De pouvoir répondre de soi !

SCENE VII.

CORALI, LE MAITRE *à Chanter*, JULIETTE, NELSON.

CORALI, *à Juliette.*

LADI, j'amene ici mon Maître ;
Il faut que devant vous je prenne ma leçon :
Vous aimez la musique, & vous pourrez connoître
Si je chante assez bien pour amuser Nelson.

NELSON.

J'en suis certain avant de vous entendre.

CORALI, *à Nelson.*

Quand vous m'écouterez, ma voix sera plus tendre.

NELSON, *à part.*

Cela manquoit pour m'achever.

(*Des Domestiques conduits par Hubert apportent la Harpe de Juliette.*)

JULIETTE.

Comment ! ma harpe aussi !

CORALI, *à Juliette.*

Vous devez m'approuver:
Vous accompagnez à merveille.
A ce petit concert Nelson va prendre part,
Et mes accens, soutenus par votre art,
Flatteront bien plus son oreille.

JULIETTE.

Mon amour-propre en souffrira;
Mais il suffit que la chose vous plaise.

NELSON.

Dites de quel pays la musique sera;
Italienne, Allemande, Françoise?

JULIETTE.

Mon frere, là-dessus point de discussions.
Il est, pour en juger, une régle très-sûre:
Toute Musique doit rendre les passions;
Celle qui sait exprimer la nature,
Est de toutes les nations.

LE MAITRE.

Ladi pense très-juste & je pense comme elle.
L'Arrêt qu'elle vient de porter
Doit terminer toute querelle.

(*A Corali.*)

Miss, cette Ariette est nouvelle.

CORALI.

Donnez-la; je vais la chanter.

CORALI.

ARIETTE.

Du Dieu d'Amour en bravant la puiſſance,
On s'expoſe à ſes rigueurs :
On croit le fuir ; mais les traits qu'il nous lance
Ont déja frappé nos cœurs.
Au doux murmure des fontaines,
En vain on cherche le repos,
Et le ramage des oiſeaux
Réveille encor nos peines.
On languit,
On gémit,
On ſe tourmente,
Toujours la peine augmente.
Mais on ſe livre à l'eſpérance,
Quand l'Amour unit deux cœurs.
Du Dieu d'Amour en ſervant la puiſſance,
On mérite ſes faveurs.
Le ciel eſt pur, nos jours ſont beaux,
Quand les plaiſirs forment nos chaînes.
Au doux murmure des fontaines,
Alors on goûte le repos,
Et loin de nous l'Amour bannit les peines.
Oui, tout remplit nos deſirs,
Quand les nœuds des plaiſirs
Forment nos chaînes.

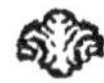

LE MAITRE.

Il n'eſt point de pareils ſujets.

NELSON, *au Maître.*

Non ; j'ai connu les plus parfaits.

(*A part.*)

Ah ! Corali, tu les ſurpaſſes
Par les dons les plus excellens.

(*Juliette pouſſe Nelſon, qui lui dit avec humeur en montrant Corali :*)

Pour ſéduire les cœurs, pour enivrer les ſens,
N'étoit-ce pas aſſez de ſes traits, de ſes graces,
Sans y joindre encor les talens ?

(*Se levant avec une eſpece de fureur.*)

Quelle voix ſenſible & légere !

CORALI.

Vous êtes mécontent, Nelſon ?

NELSON.

Non.

CORALI.

Je le voi.

NELSON.

Non, Corali ; je ſuis ſincere.

(*A part.*)

Je ſuis fort mécontent ; mais ce n'eſt que de moi.

LE MAITRE.

Cette Muſique a dû vous plaire.

NELSON.

Oui ; mais pour aujourd'hui ç'en eſt aſſez je croi ?

(*Le Maître ſe retire en faiſant une grande révérence.*)

SCENE VIII.

CORALI, JULIETTE, NELSON.

NELSON.

Vous chantez assez bien pour vous passer de
Maître.

CORALI.

Nelson, vous me flattez peut-être.

JULIETTE.

Non, Corali; vous chantez tout au mieux.
Allez, allez, laissez-moi faire,
Nous nous amuserons beaucoup toutes les deux
Pendant l'absence de mon frere.

CORALI.

Comment donc?

NELSON.

Oui, je pars, je vais... bien loin d'ici.

CORALI.

Mais Juliette & moi nous vous suivrons aussi.

NELSON.

Non, Corali ; je vous laisse avec elle.

CORALI.

Vous pouvez vous résoudre à quitter votre sœur ?
De la tendresse fraternelle
Vous ne sentez donc pas le charme & la douceur ?

JULIETTE.

Je demeure ici pour affaires,
Et je vais ordonner pour lui
Les préparatifs nécessaires,
Pour qu'il soit en état de partir aujourd'hui.

(*Elle sort.*)

SCENE IX.

CORALI, NELSON.

CORALI.

VOTRE sœur peut rester, si bon lui semble.
Nelson, nous partirons ensemble.

NELSON.

Cela seroit décent !

CORALI.

Vous me haïssez donc ?

NELSON.

Non, Corali, non ; je vous le proteste.

CORALI.

Dans ce cas mon projet doit vous paroître bon :
Si vous partez, je pars; si vous restez, je reste.

NELSON

Ce que je vais dire est affreux....
Non, je ne puis...

CORALI.

Parlez...

NELSON.

Je n'ose.

CORALI.

Nelson....

NELSON.

De mon départ vous seule êtes la cause ?

CORALI.

Ma tendresse pour vous est un crime à vos yeux.

NELSON.

J'ai de votre bonheur fait mon unique étude ;
Et si vous n'aimiez pas Nelson,
Ce seroit une ingratitude.

CORALI.

Eh bien ! voilà parler raison.

NELSON.

Mais ce penchant & si doux & si tendre
Pourroit nous préparer un crüel repentir ;
Je ne dois pas y consentir.
Un autre à le droit de prétendre....

CORALI.

Hélas ! je ne vous entends plus.

NELSON.

Le respectable ami, plein de tant de vertus,
Que vous devez aimer autant que je l'honore,
Ne doit-il plus compter sur moi ?
Blandfort, quand il vous a confiée à ma foi,
Vous étoit cher.

CORALI.

Il l'est encore.

NELSON.

Blandfort, votre Libérateur,
Et de vos jeunes ans heureux dépositaire,
Doit être aimé de vous.

CORALI.

Il est mon second pere,
Et ses bienfaits sont gravés dans mon cœur.

NELSON.

Eh bien ! à son retour, il veut pour récompense
Des sentimens plus flatteurs & plus doux
Que la simple amitié, que la reconnoissance ;
Il aspire au bonheur de se voir votre époux.

CORALI.

Jamais, jamais Corali, trop sensible,
A Blandfort ne se donnera.

NELSON.

Il faut que cela soit.

CORALI.

Cela n'est pas possible.

Blandfort lui-même l'avouera.
Ses préceptes sont bien gravés dans ma mémoire :
Une fille qui veut avoir soin de sa gloire,
Doit se marier à son choix.
Voici ce que Blandfort m'a dit plus d'une fois.

ARIETTE.

Sans amour lorsque l'on s'enchaîne,
On ne connoît pas son malheur,
Jusqu'à l'instant qui vous entraîne
Vers l'objet fait pour votre cœur.
C'est alors qu'on sent sa peine;
On veut fuir, la fuite est vaine :
Par-tout où l'on va,
L'amour est là,
Qui dit voilà, voilà
L'époux qu'il falloit prendre!
C'est à celui-là
Qu'il falloit vous rendre.
On veut s'en défendre;
Mais, quand on a l'ame tendre,
Q'arrive-t-il de cela?

Sans amour lorsque l'on s'enchaîne, &c.

NELSON.

Vous voudriez que je trahisse
Mon ami qui s'endort dans la sécurité!
Je renverserois l'édifice
De l'ordre, de l'honneur, de la société.

ARIETTE.

Non; j'aurois horreur de moi-même.
Je me déteſterois,
Je me mépriſerois,
Je me fuirois;
Je me dirois:
On doit s'eſtimer quand on aime.
Dès que le ſommeil viendroit
Appeſantir ma paupiere,
Lorſque la nature entiere
Se repoſeroit,
Le remords me pourſuivroit,
Et me crieroit:
Malheureux! je t'éveille:
Vois ton ami,
Tu l'as trahi;
Jamais un traître ne ſommeille.

CORALI.

Mais vous éviterez un ſi cruel remord,
Quand vous m'épouſerez de l'aveu de Blandfort;
Et je lui vais écrire une lettre très-vive,
Pour lui mander qu'il eſt tems qu'il arrive.

NELSON.

Non; c'eſt par moi qu'il doit être éclairci.

SCENE X.

HUBERT, JULIETTE, CORALI, NELSON.

HUBERT, *apportant une lettre à Nelſon.*

On m'a donné pour vous la lettre que voici,
(*Elle ſort.*)

JULIETTE, *qui eſt arrivée en même tems qu'Hubert.*

On vous apporte des nouvelles
De Blandfort.

CORALI, *vivement.*

Ah ! voyons; nous apprendrons par elles
Si ſon voyage a ſecondé mes vœux.

NELSON.

Bon ! votre impatience eſt telle
Que je le déſirois : je vous en aime mieux.

CORALI.

Mais elle eſt toute naturelle :
Blandfort eſt bienfaiſant, ſenſible, vertueux,
Je lui dois tout : j'aurois une peine mortelle,
Si je le ſavois malheureux.

NELSON, *après avoir lu.*

Il arrive.

CORALI, *interdite.*

Il arrive ?

NELSON.

Oui, dès cette heure même.

CORALI.

J'en ſuis charmée.

NELSON *en déſordre.*

Et moi j'en ſuis ravi.

(*Il lit la lettre*).

J'arriverai, mon cher ami,
Peut-être avant ma lettre. Ainſi
Je reverrai bien-tôt tout ce que j'aime.
Je recevrai de de toi l'aimable Corali,
Ce dépôt, ce tréſor ſi rare
Que ta fidélité reçut de mon amour.
Avec plaiſir je touche à l'heureux jour
Où notre bonheur ſe prépare.
J'eſpere que ta ſœur, par amitié pour moi,
Des inſtans précieux ſachant faire l'emploi,
Aura formé le cœur de ma jeune pupile,
Enrichi ſon eſprit par une étude utile;
Je verrai ſes talens égaux à ſes attraits,
Et ma félicité ſera bien plus réelle.
Que je ſerai content? c'eſt un de vos bienfaits
Que je vais poſſeder en elle.

NELSON.

Blandfort vient reclamer les droits qu'il a ſur vous.

JULIETTE.

Il faut, ſans balancer, l'accepter pour époux;

CORALI.

Et moi, ſans balancer, je ſuis très-décidée
A lui déclarer net que je ne le puis pas.

NELSON.

Mais...

CORALI.

Par la vérité je fus toujours guidée.
Voilà les ſeuls conſeils dont je veux faire cas.

NELSON.

Ma ſœur, je parts en diligence.

JULIETTE.

Mais pouvez-vous avec décence
Vous éloigner au moment que Blandfort?...

NELSON.

Je ne pourrai jamais ſoutenir ſa préſence.
Ah! ma ſœur! cachez-lui mon tort;
Et, comme vous pourrez, excuſez mon abſence.

(*A Corali.*)

Vous, juſqu'à mon retour obſervez le ſilence.
Car... de vous va dépendre... ou ma vie ou ma mort.

(*A Juliette.*)

Je me fie à votre prudence,
Ma ſœur.

JULIETTE.

Partez, j'en ſuis d'accord.

TRIO.

TRIO.

NELSON.	CORALI.
Je pars, rien ne m'arrête.	Vous ne partirez pas.
Ne suivez point mes pas.	Vous ne partirez pas.

JULIETTE.

Votre voiture est prête :
Partez, ne cédez pas.

NELSON.	CORALI.
	Vous ne partirez pas.
	Corali t'est si chere,
Elle me désespere.	Et tu veux la quitter !

JULIETTE.

Partez, partez, mon frere.

NELSON.	CORALI.
Je ne puis la quitter.	Corali, t'est si chere.

JULIETTE.

Partez, partez, mon frere,
Partez, sans l'écouter :
La raison vous éclaire,
N'écoutez que l'honneur.

NELSON.	CORALI.
Ah ! trop cruelle sœur !	Ah ! trop cruelle sœur !
(*A Corali.*)	Je me croirai haïe,
Non, tu n'es pas haïe.	Cher Nelson, si tu pars.
(*A part.*)	Sois attendri par mes regards.
Ah ! je crains tout de ses regards.	

JULIETTE.

De l'amitié trahie
Craignez bien plutôt les regards.

NELSON.	CORALI.
(A Juliette.) Ah ! vous me rendez à moi-même. *(A Corali.)* Ne me ſuivez pas.	O déſeſpoir extrême ! Arrête.

JULIETTE, *à Nelſon.*

Ne l'écoutez pas.

NELSON.	CORALI.
Ne ſuivez point mes pas.	Vous ne partirez pas.

JULIETTE. *à Corali.*

Ne ſuivez point ſes pas.

CORALI.

Mais il s'échappe de mes bras :
Dieux ! il ne m'aime pas.

(Nelſon ſort d'un côté, & Juliette emmene Corali de l'autre.)

Fin du premier Acte.

ACTE II.

SCENE PREMIERE.

CORALI, *seule, vétue à l'Indienne; mais elle a encore des boucles d'oreilles de diamants & un riche collier avec une gance noire, où pend un petit cœur de crystal.*

ARIETTE.

NELSON part, Nelson me laisse;
Je veux m'en aller aussi.
On me contredit sans cesse:
Que pourrois-je faire ici?
Il s'en va, parce qu'il m'aime
Peut-on en agir ainsi?
Comme je l'aime de même,
Je veux m'en aller aussi.
Oui, oui,
Ladi
Aura beau dire & beau faire,
Je lui dirai ces mots-ci:
Il est parti votre frere;
Je veux m'en aller aussi.

SCENE II.

CORALI, HUBERT.

CORALI.

HUBERT, venez m'aider à lier cet habit;
Dépêchez-vous.

HUBERT.

Vous avez du dépit.

CORALI.

Oh! si j'en ai..!

HUBERT.

Même de la colere.
Pour la premiere fois....

CORALI.

Si Corali t'est chere,
Obéis, ne réplique pas:

(*Lui donnant quelques piéces.*)

Accepte cet argent.

HUBERT, *les acceptant.*

Il faut vous satisfaire.

(*Elle acheve d'habiller Corali.*)

CORALI, *ôtant son collier.*

Quittons cette parure, elle m'est étrangere;

(*Elle ôte ses boucles d'oreilles.*)

Et ces vains ornemens dont je fais peu de cas.

HUBERT.

Daignez expliquer ce myſtere.

CORALI.

Un vaiſſeau dès ce ſoir va partir pour Madras.
Embraſſons-nous, demain : hélas ! ...
Tu ne me verras plus.

HUBERT.

Que prétendez-vous faire ?

CORALI.

M'éloigner pour jamais de ces affreux climats,
Où l'on défend... d'aimer... d'être ſincere.
N'en dis rien à perſonne : à préſent laiſſe-moi.
Adieu.

HUBERT, *à part, en s'en allant.*

La pauvre enfant ! il eſt de mon emploi
D'avertir Juliette, & je riſque à me taire.

SCENE III.

CORALI, *seule.*

JE n'emporte avec moi que ce cœur de cryſtal.
Nelſon me l'a donné : préſent cher & fatal !

(*En baiſant le cœur de cryſtal.*)

A tous les biens je te préfére.
Il faut quitter cette maiſon.

(*Elle s'aſſied.*)

Je vais rentrer au ſein de la miſere ;
Du moins je reverrai le ſéjour de mon pere.

(*Elle ſe leve.*)

Et j'oublierai... puis-je oublier Nelſon ?

ROMANCE.

I.

A quels maux il me livre !
Nelſon, mon ame va te ſuivre :
Sans toi pourrai-je vivre ?
Eh ! tu m'en fais la loi !
Au lieu d'un bien ſuprême,
Tu vas d'un cœur qui t'aime
Rendre la peine extrême.

Mais ſais-je ſi toi-même
Tu ſongeras à moi,
Tu penſeras à moi ?

I I.

Dans nos bois, dans nos plaines,
Hélas! mes larmes seront vaines:
Je vais traîner mes peines,
Et gémir loin de toi.
De l'une à l'autre Aurore,
Tout va nourir encore
Un tourment qui dévore....

Mais, toi qu'en vain j'implore,
Vas-tu songer à moi,
Vas-tu penser à moi?

I I I.

Du charme de t'entendre,
Comment pouvois-je me défendre?
Si mon cœur fut trop tendre,
Ah! ne t'en prends qu'à toi:
Tu m'en appris l'usage;
Je t'en devois l'hommage.
J'emporte ton image.

Mais toi, que rien n'engage,
Vas-tu songer à moi,
Vas-tu penser à moi?

I V.

Ici, j'étois contente;
J'osois me dire ton amante.
Ici, ma voix tremblante
T'assuroit de ma foi:
C'est-là que ta tendresse

Prit ſoin de ma jeuneſſe;
J'y ſongerai ſans ceſſe.

Mais lui qui me délaiſſe,
Songera-t-il à moi,
Penſera-t-il à moi?

V.

Que l'amour te rappelle
Ce cœur ſi tendre, ſi fidèle,
Dont ta fierté cruelle
A dédaigné la foi.
(*Fierement.*)
Que je ſois retracée
Dans ton ame oppreſſée....
Mais que dis-je, inſenſée?
Ah! Nelſon!
Bannis de ta penſée
Tout ſouvenir de moi,
Tout ſouvenir de moi.

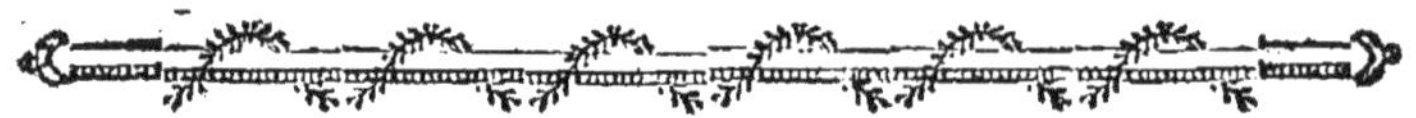

SCENE IV.

JULIETTE, CORALI.

JULIETTE.

Où Miss dans cet habit va-t-elle donc si vîte?

CORALI.

Je m'en vais...

JULIETTE.

Quoi?

CORALI.

Oui, je m'en vais.

JULIETTE.

Expliquez-moi cette conduite.

CORALI.

Pouvez-vous le trouver mauvais?
Le départ de Nelson vous sembloit nécessaire,
Et vous voulez vous opposer au mien!
M'aimez vous plus que lui, moi qui ne vous suis rien?

JULIETTE.

Nelson sait à quel point sa tendresse m'est chere.

CORALI, *d'un ton d'impatience.*

Eh! pourquoi donc l'avez vous fait partir?

J'ai fait ce que j'ai pu, moi, pour le retenir.
Voyez ! n'eſt-il pas beau que j'aime votre frere
Plus que vous ne l'aimez ?

JULIETTE.

J'ai fait ce que j'ai dû.

CORALI.

Ah ! quelles mœurs ! quel pays corrompu !
La nature en ces lieux eſt la ſeule étrangere.

JULIETTE.

C'étoit vous ſervir.

CORALI.

Nous trahir.
Et.... je vous haïrois,.... ſi je pouvois haïr.

JULIETTE, *prenant la main de Corali affectueuſement.*

Vous me haïriez ! vous !

CORALI, *ſe jettant dans les bras de Juliette.*

Pardonnez... je m'égare.
Non jamais... non... mais je déclare
Que je veux m'en aller de ce vilain pays,
Où c'eſt un crime d'être tendre.
Je pars, je vous en avertis.

JULIETTE.

Sachez...

CORALI.

Je ne veux rien entendre.

JULIETTE.

Eh bien ! partez ce dessein est prudent ;
Nelson revient.

CORALI, *transportée de joie.*

Nelson ?

JULIETTE.

Il arrive à l'instant.
Je venois vous le dire.

CORALI.

Il arrive ? je reste.
O doux moment !

JULIETTE.

Je crains qu'il ne vous soit funeste.

CORALI.

Pourquoi ? vous m'étonnez très-fort.
Votre air est réservé quand votre frere arrive.
Voyez ma joie, elle est cent fois plus vive.
Je ne vous conçois pas.

JULIETTE.

Modérez ce transport :
Apprenez que Nelson arrive avec Blandfort.

CORALI.

Je n'ai jamais appris à déguiser mon ame.

JULIETTE.

Par égard pour Nelson, réprimez cette flamme.
La tristesse flétrit son cœur.
Ses jours sont consumés par la mélancolie ;

Et ſon état me remplit de frayeur.
Contraignez-vous par amour pour ſa vie.

CORALI.

Je le revois, ah ! quel bonheur !

SCENE V.

BLANDFORT, NELSON, CORALI, JULIETTE.

QUATUOR.

CORALI & BLANDFORT.	NELSON, JULIETTE.
Que mon ame eſt contente !	Tout remplit notre attente ;
Rien ne manque à mon ſort.	Nous revoyons Blandfort.
Je revois ce que j'aime.	
Ah ! quel bonheur extrême !	
CORALI.	JULIETTE, BLANDFORT.
Qui peut me l'attirer ?	Vous deviez l'eſpérer.
Je n'oſois l'eſpérer ;	JULIETTE, BLANDFORT, NELSON.
J'étois dans les allarmes,	
Je répandois des larmes.	On vient ſécher vos larmes.

TOUS QUATRE.

O momens pleins de charmes !

CORALI.	BLANDFORT.
Je paſſe des regrets	Je revois ce que j'aime :
Au bien ſuprême.	Ah ! je renais.
Je revois ce que j'aime :	JULIETTE, NELSON.
Ah ! je renais.	
Que mon ame eſt contente !	Tout remplit notre attente ;
Rien ne manque à mon ſort.	Nous revoyons Blandfort.

TOUS QUATRE.

Je rends grace à mon fort.

BLANDFORT.

J'ai rencontré Nelfon s'en allant dans fes terres;
Il a, du plus loin qu'il m'a vu,
Oublié toutes fes affaires.
Sur le champ il eft revenu.

NELSON.

Mon ami, la plus importante
Étoit de te revoir, de t'embraffer cent fois.

BLANDFORT.

Viens, Nelfon, viens remplir mon ame impatiente :
Nos cœurs en ce moment rentrent dans tous leurs droits.

JULIETTE.

Votre retour étoit bien néceffaire.

BLANDFORT.

Je vous fais gré de cet empreffement.
La fœur veut bien pour moi penfer comme le frere.

CORALI.

Oui. Nous vous defirions tous trois également.

BLANDFORT.

Corali s'offre à moi dans cet ajuftement.
Ah! fans doute, c'eft pour me plaire?

Ma présence vous est donc chere ?
Pauvre petite !

CORALI.

Assurément.
Lorsque je vous revois, je crois revoir un pere.

BLANDFORT.

Mais toi, qu'as-tu Nelson ? je te trouve changé.
Tu jouissois d'une santé parfaite.
Ce bon tempérament seroit-il dérangé ?

NELSON, *d'un air triste.*

Oh ! je me porte bien.

JULIETTE.

Moi, j'en suis inquiette.

CORALI.

Et moi de même.

BLANDFORT.

Je ne sais ;
Mais j'ai cru vous trouver tout autres que vous êtes.

NELSON.

Qui, nous ?

BLANDFORT.

Oui, vous semblez tous trois embarrassés.
Auriez-vous de chagrin quelques causes secrettes ?

JULIETTE.

Qui pourroit manquer à nos vœux ?

NELSON.

Il ſuffit que l'on te revoie.

BLANDFORT.

Tenez, mes chers amis, vous n'êtes pas heureux;
Mais ma préſence ici va ramener la joie.

(*A Nelſon.*)

Tiens: ouvre-moi ton cœur, mon ami; je le veux.

CORALI.

Si quelque choſe vous afflige,
Blandfort eſt un ami bien ſûr, bien généreux.
Dites-lui tout, puiſqu'il l'exige.

BLANDFORT.

Corali, je le vois, deſire mon bonheur.

NELSON.

Ma ſanté s'affoiblit, le travail me fait peur.
J'ai formé le projet de vivre pour moi-même.

BLANDFORT.

As-tu quelques chagrins du côté de la Cour?
Elle t'eſtime plus que bien des gens qu'elle aime,
Et te le prouvera ſans doute quelque jour.

NELSON.

Ce n'eſt point par humeur ni par miſanthropie
Que je veux quitter mon état;
Mais le bruit de la ville... ah! le monde m'ennuie...
Plus libre à la campagne, on y vit ſans éclat.

CORALI.

Eh bien ! nous pourrons vous y suivre.

BLANDFORT.

Par-tout où tu seras, c'est-là que je veux vivre.

JULIETTE.

Votre bonheur, mon frere, est notre unique loi.

BLANDFORT.

Nelson, tu m'appartiens, & mon cœur te reclame :
Tu ne vivras jamais autre part que chez moi.
Corali m'aimera ; je recevrai sa foi ;
Tu seras heureux de ma flamme,
Et de son gouverneur tu garderas l'emploi,
Même quand je l'aurai pour femme.

NELSON.

Non ; ne t'en rapporte qu'à toi.

BLANDFORT.

ARIETTE.

Qu'il est doux de passer sa vie
Entre l'amour & l'amitié !
De tout l'univers qu'on oublie,
Heureux qui peut-être oublié !
Ami tendre & femme jolie
Sans cesse feront mon bonheur,

Et je trouverai dans mon cœur
Les biens charmans que l'on envie.

Qu'il eſt doux de paſſer ſa vie
Entre l'amour & l'amitié ! &c.

NELSON.

Oui, voilà le bonheur : quand on a l'ame tendre,
On n'aſpire en effet qu'à pouvoir vivre ainſi.

BLANDFORT.

Eh bien ! tu peux te marier auſſi.

NELSON.

Non, non ; je veux encore attendre.

BLANDFORT.

Tu fais mal ; tiens, Nelſon, quand on a du ſouci,
Une femme jolie eſt une enchantereſſe
Dont le regard ſerein fait fixer le plaiſir ;
Et ſon ſourire, qui careſſe,
Nous préſente un bonheur qu'il eſt doux de ſaiſir.

JULIETTE.

Je connois bien mon frere, & c'eſt ainſi qu'il penſe.

NELSON, *bas.*

Ma ſœur !..

BLANDFORT.

Comment ! quelque beauté lui plaît,

Corali, vous ſavez qui c'eſt ?
Mettez-moi dans la confidence.

CORALI, *embarraſſée, & contrainte par un regard de Nelſon.*

Non ; je dois garder le ſilence.

BLANDFORT.

Sans la diſcrétion point de ſociété,
Et ſon ſecret doit être reſpecté ;
Je ne ſuis plus curieux de l'apprendre.
Rendre mon ami libre eſt ma premiere loi,
Et je veux que ſon cœur vienne au-devant de moi ;
Je me reprocherois de vouloir le ſurprendre.

NELSON.

Mon ami..!

JULIETTE, *à Blandfort.*

Vous voyez quel eſt ſon embarras.

BLANDFORT.

Sa réſerve m'étonne & ne m'offenſe pas.
Mais Corali pour moi ſans doute eſt ſans myſtère ;
Je la connois, & je me crois certain
Que ſon ame n'a point de ſecret à me faire.

CORALI.

Je ſerois bien gênée en voulant vous le taire.

BLANDFORT.

Ainſi vous conſentez à recevoir ma main ?
Je vais chercher moi-même le Notaire.

NELSON.

Mais un valet pourroit...

BLANDFORT.

J'arriverai plutôt.
Il s'agit du bonheur ; il faut
Saisir tout ce qui l'accélere.
Quand je fais tant que de bien souhaiter,
De tous mes pas je suis prodigue ;
Et je trouve qu'on se fatigue
Beaucoup moins à marcher qu'à s'impatienter.
(*Il revient du fond du Théâtre.*)
Je reviens, j'oubliois l'article nécessaire ;
C'est de vous mettre au fait de mon vrai caractere :
Si, comme je n'en doute pas,
Vous êtes douce, aimable, honnête, vertueuse,
Si dans notre union vous trouvez des appas ;
Les plaisirs suivront tous vos pas,
Votre félicité me sera précieuse.
Si des plaisirs bruyans vous êtes amoureuse,
Si vous aimez le monde & tout son vain fracas ;
Oh ! je vous déclare, en ce cas,
Que vous serez encor parfaitement heureuse.

(*Il sort.*)

SCENE VI.

CORALI, JULIETTE, NELSON.

NELSON.

SI nous trompions cet homme, en vérité,
Nous ſerions bien inexcuſables.

JULIETTE.

Hon! ſouvent ce malheur arrive à ſes ſemblables;
Il ſemble que ce ſoit une fatalité.

CORALI.

C'eſt votre intention, à ce que j'imagine.

NELSON.

Qui, moi? vous me croyez ce projet inhumain?

CORALI.

Examinez-vous bien comme je m'examine:
Vous attrappez Blandfort en lui donnant ma main?

NELSON.

C'eſt un devoir.

CORALI.

C'eſt une tromperie;

(*Avec un peu d'humeur.*)

De ſon côté Madame y donne tous ſes ſoins.

JULIETTE.

Seriez-vous infidelle à Blandfort ?

CORALI.

De ma vie.
Je ne l'en tromperai pas moins.

NELSON.

Comment ?

CORALI.

En devenant ſa femme,
On me fera jurer que c'eſt ſelon mon gré.

JULIETTE.

Eh bien ?

CORALI.

Comme je mentirai !

JULIETTE.

L'honnêteté...

CORALI.

Fort bien, Madame !
Je trahirai la vérité :
C'eſt une belle honnêteté !

NELSON.

Aimez-vous mieux manquer à la reconnoiſſance ?
C'eſt à Blandfort à diſpoſer de vous.

JULIETTE.

Votre pere, en mourant, lui remit ſa puiſſance.

CORALI.

Tant mieux; il ne peut donc devenir mon époux.

NELSON.

Eh pourquoi donc?

CORALI.

Un pere épouſe-t-il ſa fille?
Le mien, en bon chef de famille,
Au lieu de m'impoſer des loix,
Eût conſulté mon cœur, de peur de ſe méprendre.
Il eût dit à l'amant dont j'aurois fait le choix:
Ma fille t'aime, ſois mon gendre;
Et nous ſerons heureux tous trois.
Voilà ce que Blandfort doit faire.

JULIETTE.

Mais vous l'aimez?

CORALI.

Oui, comme on aime un pere.
N'aimiez-vous pas le vôtre?

JULIETTE.

Ah! oui.

CORALI.

Vous aimiez votre époux auſſi?

JULIETTE.

Il fut toujours l'objet de ma tendreſſe extrême.

CORALI.

Les aimiez-vous tous deux de même?

JULIETTE.

Pas tout-à-fait, pour parler franchement.

CORALI.

Eh bien donc ! jugez-moi par votre sentiment.
De bonne foi concluez-en, Madame,
Que l'instinct naturel qui nous conduit si bien,
Ne fait point sentir dans notre âme
Ces différences-là pour rien.

NELSON.

Je serois moins inexcusable,
Si pour Blandfort j'étois un étranger;
Avec vous, dans ce cas, je pourrois m'engager,
Sans me rien reprocher, sans être méprisable.
Mais mon intime ami !... Juste Ciel ! j'en frémis.
Quoi ! d'un dépôt sacré la sainteté trahie.....
L'attentat est affreux.... si je l'avois commis.....
Si j'en étois tenté, je m'ôterois la vie :
Oui, je me l'ôterois ; Corali, je le puis.
Corali, frémissez de l'état où je suis.

JULIETTE.

Voyez le désespoir où vous plongez mon frere.

CORALI.

Est-ce ma faute, à moi, s'il m'a sçu plaire ?

NELSON.

(*A part.*)

Non c'est la mienne, & je dois m'en punir.
Le danger est trop grand, il faut le prévenir.

(*Haut.*)
J'ai besoin d'être seul.

CORALI.

D'une frayeur mortelle
Votre sang-froid glace mon cœur.

NELSON.

De grace, laissez-moi.

JULIETTE.

Mon frere !...

NELSON.

Et vous, ma sœur,
(*Il se jette dans un fauteuil.*)
Emmenez Corali : sur-tout veillez sur elle.

JULIETTE, *à Corali.*

Suivez-moi, gardez-vous d'irriter sa douleur.
Un instant va calmer son âme trop émue ;
Mais ne le perdons point de vue.

(*Elles sortent & reparoissent aussi-tôt dans le fond du Théâtre pour observer Nelson.*)

NELSON.

(*Il laisse tomber sa tête dans ses mains ; après une pause il revient à lui.*)

La douleur dans mon âme entre de toutes parts.
Le spectacle de la nature,
De mes sens affectés emprunte la teinture,
Et tout se peint en noir à mes tristes regards.
Terminons ce combat.

(*Il se leve, & s'avance vers son Bureau.*

CORALI.

Ah ! Nelson

JULIETTE.

Ah! mon frere!

CORALI.

Juste Ciel! que veux-tu donc faire?

NELSON.

Te montrer ton devoir, en m'acquittant du mien.

CORALI.

Mon courage, Nelson, égalera le tien.

JULIETTE.

Vois ta sœur à tes pieds.

CORALI.

Et vois-y ta victime.

NELSON, *les relevant.*

(*A Corali.*)

Apprends que la vie & l'estime,
Dans un cœur élevé n'ont qu'un même lien;
Dès que l'une nous quitte, on doit détester l'autre.

JULIETTE.

C'est l'Arrêt de l'honneur, par conséquent le nôtre.

CORALI.

Eh bien! sois satisfait, Blandfort aura ma foi.

NELSON.

M'en fais-tu le serment?

CORALI.

Oui, je renonce à toi.

NELSON.

Ah! tu me rends la vie; une beauté nouvelle
A mes yeux satisfaits anime l'Univers;
Et je sens dans mon cœur une preuve réelle,
Que la clarté du jour est plus douce & plus belle
Pour l'honnête-homme heureux, que pour l'homme pervers.

JULIETTE.

Tu seras donc ami fidele?
(*A Corali.*)
Vous & Blandfort, Nelson & moi,
Nous ne ferons qu'un cœur entre nous quatre.
Être unis à jamais va faire notre loi,
Et nous serons heureux sans peine & sans combattre.

TRIO.

Remplis nos cœurs, douce Amitié:
Tu consoles l'hyver de l'âge,
Tu sais annoblir la pitié,
Tu viens au secours du courage.
Si l'on éprouve des malheurs,
Le regard d'un ami soulage;
Le plaisir a plus de douceurs,
Lorsqu'un tendre ami les partage.
Inspire & reçois notre hommage,
Douce Amitié; remplis nos cœurs.

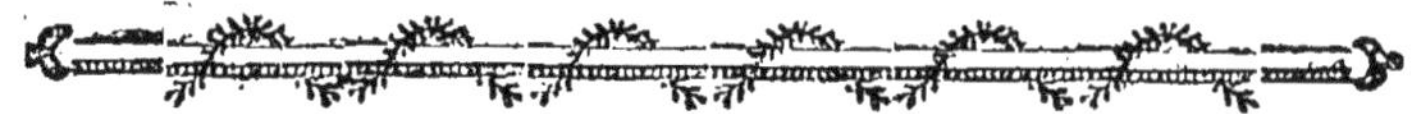

SCENE VII. ET DERNIERE.

BLANDFORT, LE NOTAIRE, les Acteurs précédens.

BLANDFORT, *à Corali.*

LE contrat est passé tout à votre avantage;
Corali, je suis enchanté.
Jouissez de mes biens en pleine liberté;
Vous me donnez bien d'avantage,
Je vous dois ma félicité.

CORALI.

Vos dispositions blessent l'intégrité,
Vos parens n'ont-ils pas droit à votre héritage?

BLANDFORT.

Si mon bien ne m'eût rien coûté,
Ce fond pour eux seroit une ressource:
Je commettrois une infidélité
En le détournant de sa source.
Ma fortune est le fruit de vingt ans de travaux,
J'ai gagné quelque bien; mais c'est en honnête-homme,
Et c'est pour mes amis que j'en suis économe.
A qui le laisserois-je? à des collatéraux
De qui l'avidité sur cet espoir se fonde,
Qui, soigneux de s'anéantir

Dans une inaction profonde,
Ne savent que je suis au monde,
Que pour épier l'heure où je dois en sortir.

(*Au Notaire.*)

Allons, Monsieur, faites lecture
De cet acte où mon cœur se montre à découvert.

CORALI, *bas à Nelson.*

Nelson, voici le moment qui nous perd !

NELSON, *bas.*

L'amitié nous soutient dans cette conjoncture.

BLANDFORT.

Allons, Monsieur, lisez, passez les qualités ;
Cet amas boursoufflé de vaines dignités,
Pour tout Anglais qui pense, est un vrai verbiage.

LE NOTAIRE.

Hon, hon, hon, hon. Les clauses sont ici.

(*Il lit.*)

Et Blandfort reconnoît avoir de Corali
Reçu, lors de son mariage,
Une terre près de Dublin,
Valant de revenu mille livres sterling.

CORALI.

Si l'on m'appelle en témoignage,
Je dirai que l'article est une fausseté.

LE NOTAIRE.

C'est une fausseté d'usage.
Et si ledit Blandfort meurt sans postérité

La moitié de ses biens sera pour son épouse,
L'autre moitié de droit appartiendra
A l'homme heureux qui la consolera.

JULIETTE.

C'est n'avoir pas l'humeur jalouse.

BLANDFORT.

C'est être juste; on ne peut faire mieux.
Je n'ai point l'orgueil odieux
De vouloir que ma veuve, en équipage sombre,
Dans la fleur de ses ans, soit fidelle à mon ombre.
Nelson, tu connois ses vertus :
Car je te l'ai donnée en garde :
Remplace-moi, quand je ne serai plus;
C'est toi que ce soin-là regarde.

NELSON.

Je ne pourrois jamais te survivre un moment.

BLANDFORT.

Tu me regretteras, sans doute;
Mais tiens, mon cher Nelson, écoute :
Au métier que je fais, on vieillit rarement,
Et j'aurai cette idée, & douce, & consolante,
De songer qu'après moi ma chere Corali,
Honnête & respectable autant qu'elle est charmante,
Tiendra tout son bonheur de mon meilleur ami.

CORALI.

Quel plaisir trouvez-vous à me voir fondre en larmes?

BLANDFORT.

Je ne puis m'empêcher de leur trouver des charmes;
Elles prouvent que vous m'aimez.

CORALI.

Je vous le dois.

BLANDFORT.

Vous me charmez.
Quel ſort plus que le mien peut être deſirable!
O vous, dont la jeuneſſe embellit la vertu,
Signez cet acte reſpectable,
Pour lui donner la forme irrévocable
Dont il doit être revêtu.

CORALI, *prenant la plume.*

Donnez... je vais vous ſatisfaire.

JULIETTE, *bas à Nelſon.*

Elle pâlit....

NELSON, *bas.*

Je tremble.

CORALI, *tombant dans un fauteuil.*

Je me meurs.

BLANDFORT.

Dieu! quel moment!.. mais Juliette en pleurs!..
Et Nelſon immobile! ah Ciel! qu'allois-je faire?

JULIETTE.

Voilà toujours ce que j'ai craint.

BLANDFORT.

Nelſon, dans tes regards le déſeſpoir eſt peint ;
Tu ne me réponds rien, ton embarras m'éclaire ;
Mais d'un voile fatal tes yeux ſemblent couverts !
Eh ! ne ſais-tu pas que je t'aime ?
Quoi ! n'es-tu pas toujours la moitié de moi-même?
Viens, approche, mes bras & mon cœur ſont ouverts.

NELSON.

Ta tendreſſe m'accable. Ah! Blandfort, je te perds!

BLANDFORT.

Non, non ; mon amitié voit tout & te fait grace.
Va, je lis dans ton âme, & ſais ce qui s'y paſſe :
Cette enfant, ſans t'aimer, n'a pu vivre chez toi.
Tu l'as condamnée au ſilence,
D'un ſacrifice affreux tu lui faiſois là loi ;
Mais la nature, à qui tu faiſois violence,
A repris tous ſes droits pour les tenir de moi.

NELSON.

J'avoue, en gémiſſant, mon crime impardonnable.
Sans le vouloir, j'ai cauſé ton malheur ;
J'ai préparé celui de cette fille aimable ;
Mais j'atteſte la foi, mon amitié, l'honneur....

BLANDFORT.

Laiſſe-là tes ſermens, Nelſon, ils nous outragent :
C'eſt la reſſource des ingrats,
Et non de deux amis, dont les maux ſe partagent.
Te ſerrerois-je dans mes bras,
Si je te ſoupçonnois d'un crime volontaire ?

Ma chere Corali, revoyez la lumiere.
Je ne veux que votre bonheur,
Et ne ferai jamais votre perfécuteur.

CORALI.

Blandfort! Blandfort, fans être trop févere,
Vous pouvez m'accabler de reproches affreux.

BLANDFORT.

Je craindrois bien plutôt d'avoir lieu de m'en faire,
En vous féparant tous les deux.
Je ne veux point avoir d'amis qui me déteftent.

CORALI, *fe levant.*

Et comment efpérer d'obtenir nos pardons?

BLANDFORT.

Le contrat eft dreffé, l'on va changer les noms;
Mais j'exige & j'entends que les articles reftent.

NELSON.

Dans la honte des torts quand nous nous confondons....

BLANDFORT.

Ils font tous oubliés, mes procédés l'atteftent.
Ne m'humiliez pas, en refufant mes dons.

JULIETTE.

Dans de tels procédés la grandeur d'âme brille.
Vous, dont les actions font de fi bons avis,
Vos exemples feront plus cités que fuivis.

BLANDFORT.

BLANDFORT.

Nous n'allons composer qu'une même famille ;
Nelson va devenir l'époux de Corali ;
Dans ce moment je l'adopte pour fille.

CORALI.

C'est n'être pas généreux à demi.

BLANDFORT.

En sacrifiant ma tendresse,
Mon aventure apprend qu'on doit à son ami
Donner tout à garder, excepté sa Maitresse.

QUATUOR.

Passons les jours les plus doux :
Que l'amitié nous rassemble.
Passons tous nos jours ensemble,
Le bonheur sera chez nous.

BLANDFORT.

Pour être heureux dans la jeunesse,
Chérissez-vous.

JULIETTE.

Pour être heureux dans la vieillesse,
Estimez-vous.

CORALI & NELSON.

Jamais nous n'aurons de mystere
Pour vous.

BLANDFORT & JULIETTE.

Que votre ame sincere
S'épanche sans cesse avec nous.

BLANDFORT.

Un ami tendre est un bon pere.

JULIETTE.

Une sœur tendre est une mere.

ENSEMBLE.

Passons les jours les plus doux, &c.

Fin du second & dernier Acte.

ROMANCE.
A quels maux il me
li-vre ! Nel - son, Nel - son, mon
a-me va te sui-vre : Sans toi pourrai-je
vi- vre ? Eh ! tu m'en fais la loi !
Au lieu d'un bien su-prê-me, Tu vas d'un cœur qui
t'ai-me Causer le mal-heur ex - trê - -
me. Mais sçais - je si toi-

BLANDFORT.

Suivez-moi, mes amis; que rien ne vous arrête.
Notre commun bonheur est tout concilié.
J'ai fait les apprêts d'une Fête :
Elle étoit pour l'Amour; je l'offre à l'Amitié.

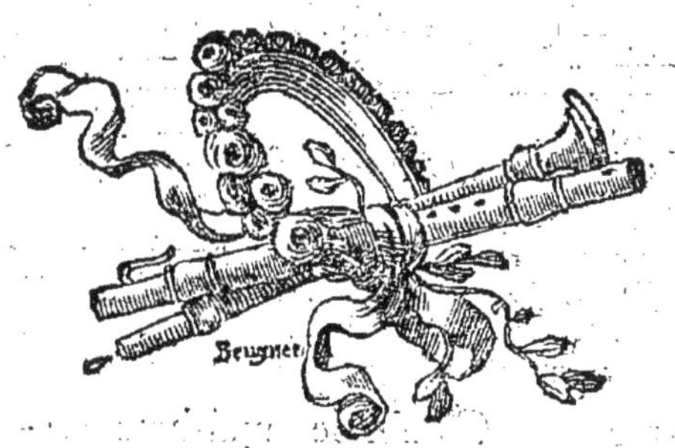

DIVERTISSEMENT.

LE Théâtre change & repréſente un Jardin à l'Angloiſe, c'eſt-à-dire, ſans aucune ſymmétrie. Du côté de la Reine, une petite terraſſe, fort peu élevée & ſéparée du Théâtre par une baluſtrade de marbre à hauteur d'appui, occupe les deux premiers chaſſis. C'eſt ſur cette terraſſe que viennent ſe placer Nelſon, Corali, Juliette & Blandfort, pour jouir de la Fête. Cette Fête commence par une entrée de Matelots Anglois avec leurs Femmes ou leurs Maitreſſes ; ils ſont ſuivis par des Indiens & des Indiennes de la côte de Malabar, habillés ſelon leur coſtumé : enſuite paroiſſent des Nègres qui offrent à Corali des étoffes des Indes, des perles, des branches de corail, &c. Ces Nègres danſent enſuite le Kalenda & le

Branbran-ſonnette avec leurs petits tambours, ſuivant leur uſage : ils ont des grelots & des ſonnettes aux jambes, aux bras, à la tête, & à la ceinture, qui eſt en façon de lambrequin : ils forment après un Ballet général avec les Indiens, Indiennes & Matelots ; ce qui termine le Divertiſſement.

CATALOGUE GÉNÉRAL

Des Pieces qui composent les Œuvres de M. FAVART.

MOULINET premier, *Parodie.*
La Servante Justifiée, *Opéra-Comique.*
La Chercheuse d'Esprit, *Opéra-Comique.*
Le Prix de Cythere, *Opéra-Comique.*
Dom Quichotte, *Ballet-Comique.*
Le Coq du Village, *Opéra-Comique.*
Les Bateliers de Saint-Cloud, *Opéra-Comique.*
La Coquette sans le sçavoir, *Opéra-Comique.*
Acajou, *Opéra-Comique.*
Les Amours Grivois, *Opéra-Comique.*
Les Amours au Village, *Opéra.Comique.*
Thésée, *Parodie.*
Bal de Strasbourg, *Opéra-Comique.*
Cythere assiégée, *Opéra-Comique.*
Les Jeunes Mariés, *Opéra-Comique.*
Les Amours Impromptus, *Parodie.*
Les Nymphes de Diane, *Opéra-Comique.*
Le Mariage par Escalade, *Opéra-Comique.*
La Répétition Interrompue, *Opéra-Comique.*
Parodie au Parnasse, *Opéra-Comique.*
Le Retour de l'Opéra-Comique.
Départ de l'Opéra-Comique.
La Ressource des Théâtres,
Le Bal Bourgeois, *Opéra-Comique.*
Hippolite & Aricie, *Parodie.*
Les Amans inquiets, *Parodie.*
Les Indes dansantes, *Parodie.*
Les Amours Champêtres, *Pastorale.*

Fanfale, *Parodie.*
La Coquette trompée.
Tircis & Doriltée, *Pastorale.*
Bayoco & Serpilla, *Parodie.*
Raton & Rosette, *Parodie.*
Zéphire & Fleurette, *Parodie.*
La Bohémienne, *Comédie.*
Ninette à la Cour, *Comédie.*
Les Chinois, *Comédie.*
La Nôce interrompue.
La Soirée des Boulevards.
Supplément à la Soirée des Boulevards.
Petrine, *Parodie.*
Soliman second.
Amours de Bastien & Bastienne.
Fête d'Amour.
Les Ensorcellés *ou* Jeannot & Jeannette.
La Fille mal gardée, *Parodie.*
La Fortune au Village, *Parodie.*
Annette & Lubin.
L'Anglois à Bordeaux.
Les Fêtes de la Paix.
Isabelle & Gertrude, *Comédie.*
La Fée Urgelle, *Comédie.*
La Fête du Château, *Divertissement.*
Les Moissonneurs, *Comédie.*
L'Amant déguisé, *Comédie.*
La Rosiere, *Comédie.*
L'Amitié à l'épreuve, *Comédie.*

Fin du Catalogue.

www.ingramcontent.com/pod-product-compliance
Ingram Content Group UK Ltd.
Pitfield, Milton Keynes, MK11 3LW, UK
UKHW020414230726
13925UKWH00004B/1418

9 782014 026344